가끔은 그저 흘러가도 돼

바리수

PROLOGUE

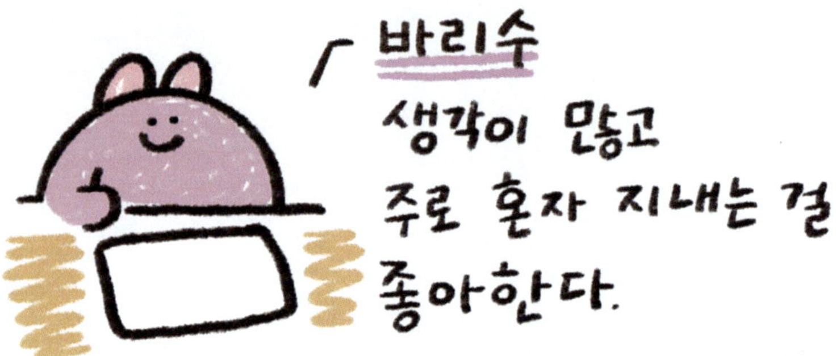

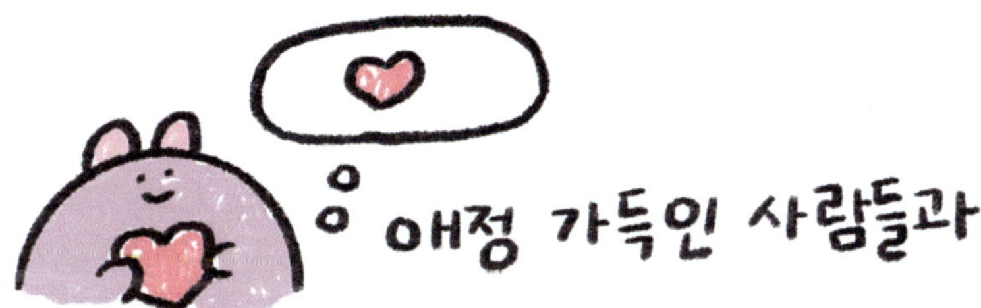

세상을 바라보며
느낀 일들의 이야기를
가득 담았어요.

CONTENTS

PART 1.
내가 가진 것들을 안아줘야지

PART 2.
조금씩, 분명히 나아질 거야

PART 3.
서로의 하루를 더 따스히

PART 1

내가 가진 것들을
안아줘야지

결국엔 다 잘 될거야!

다음에는
더 잘 할거야
실수하더라도
그 실수로 더 자랄 거야

모든 경험들로 자랄 거야

지금 힘든 일들 모두
훗날 좋은 일로 피어날 거야

그러니까

걱정말고 즐기자 우리 ☺

이런 파도 처음인데
나의 날에는 굴곡이 많다

어떤 날은 아주 술술 풀리고

어떤 날은 하나같이 엉망이야

때때로 웃고 때때로 울겠지만
모두 같은 하루인 걸

즐~겨
그 흐름 위를 멋지게
타게 되는 날도 올거야

예측할 수 없는 매일이지만

그 안에서 빛을 볼 수 있다면

어떤 날의 나여도 괜찮을 거야.

나에게는 나쁜 습관이
하나 있는데

좋은 일이 생기거나

사랑을 받으면

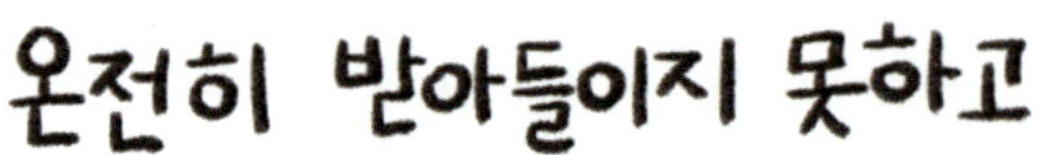

온전히 받아들이지 못하고

과분한 일이라고 여긴다

그래서 자주
내 것이 아니라며 뿌리쳤다

하지만 그런 일들은
당연한 게 아닐 뿐

일단.. 받을게..
과분한 건 아니지 않을까

내꺼 맞아!
과분하더라도
안 될 건 없지!

나에게 주어지는 모든 것을
기쁘게 받아들여야지

쌓아온 힘

구체적인 형태는 없더라도
따뜻한 이야기
좋은 사람들과의 시간
수많은 경험들
사랑
내 안에 차곡차곡 쌓여
힘을 줄 거라고

건널 수 있을까..
때때로 어려운 일이
다가올 때가 있겠지만

그럴 땐,
나를 믿고 힘껏 뛰어야지

모든 순간의 나
내게는 더 큰 힘이 있고
가쟈!!
길고 긴 지난 날들이
날개가 되어줄테니까

♡ LEVEL UP ♡
저만큼 뛰다니..
자신감+2
용기+3
단단한 마음으로 가야지

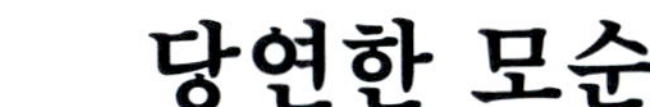

당연한 모순

20대 초반
20대 후반
시간이 흐르면서
많은 것이 함께 바뀐다

늘 꿈이 있어야지
그때의 내가 추구했던
가치들이
꼭..
그럴 필요는 없지
더이상 나의 것이 아닐 때

그땐 맞다며!
스스로를 모순적이라고 느꼈다

차라리 말을 말자..
▷주관 흐릿해짐
그래서 한동안 주장을
내세우는 일이 어려웠지만

이제는 안다
가치관과 생각이
끊임없이 새로워지는 건
너무나 자연스러운 일이라는 걸

나뭇잎이 계절에 따라 색을 바꾸듯,
구름의 모양이 끊임없이 변하듯
너무나 자연스러운 일이었어.
자연스러운 일에 괴로워하지 않을래.

  # 나이 드는 일

나이가 들어가는게
싫지만은 않다

시간이 흐르면서
마음에 여유도 생기니까

그땐 이해할 수 없던 일도

속상하기만 했던 일도

이제는 큰 마음의 동요없이
지낼 수 있게 된다

차곡차곡 쌓이는 나이만큼

내 마음의 그릇도 넓어진다고 생각하면

오히려 기쁜 일이야.

나이만 먹은 못된 어른은

되지 않을 거라고 다짐!

 # 마음의 문장 

모든 것이 막막할 때
이 문구를 떠올리면

조금이나마
과정을 즐길 수 있다

삶은 내게 다양한
시련을 주곤 했다

그것을 견뎌내는 일이
쉽지만은 않지만

휙!
모든 일에는 해결책도 있는 법

?
지금
알 수 없는 것들을
가끔은 시간이 해결해준다

차분히 나의 일을 해야지

그런 하루들이 모이면
언제 그랬냐는 듯이
사랑스러운 날이 오겠지

힘든 일, 어려운 일이 생길 때면 그 문구들을 혼자 되새기며 이겨내려고 노력해요. 그러다 보면 어느새 다 지나가 있고 그 경험들로 많은 깨달음도 얻게 되었던 것 같아요.

요즘은 불안한 마음이 들 때면 '아, 내가 지금 불안하구나.' 하며 제 마음을 빠르게 알아차리려고 노력해요. 그 이후에는 심호흡을 한다거나 간단하게 명상을 해요. 그러면 마음이 한결 나아져요. 내 마음을 바로 알고 그에 맞는 좋은 생각들을 스스로에게 해 주면 금방 그 혼란 속에서 빠져나올 수 있게 되어요.

 나의 숨만큼만 

그들에게 욕심은

자칫 큰 사고가 될 수 있기
때문이다

그러니 서로에게
중요한 약속으로 이어져 오는 것

때때로 내 호흡의 양을 몰라

무리하며 지낼 때가 있다

우리들에게도 필요한 것
오늘은 이만큼
욕심 부리지 말고,
나의 숨만큼만

(엄마는 해녀입니다 中)
오늘 하루도 욕심내지 말고,
딱 너의 숨만큼만 있다 오거라

마음이 텅 빈
달리기는 하지 않을 거야

달려 !
달려—
이유도 모르고 달리는
공허한 달리기

마음이 충만하게 살래
잠깐 멈춰서서 계절을 느끼고

사랑하는 사람들과
자주 웃고
정말 소중한 걸 나누면서

마음에 사랑을 가득 채우면서
그렇게 살래

요즘에는 엄마와의
시간이 많아졌다

오늘은 엄마와 산책하러

집 주변 한탄강에 갔는데

사랑했지만~~~
가는 내내
엄마는 노래 부르며
헥··
헥··
너무 좋지?
저질체력
나에게 너무 좋지 않냐고 물었다

목적지에 도착한 우리는
카페에 들어가
빵과 커피를 주문했다

우리는 강이 보이는
야외좌석에 앉았고
지친 몸을 디저트로 달래고 있었다

한참을 마시고
떠들던 엄마는 내게 말했다
진짜 행복하지 않아?
엉?
산책하고
커피랑 빵
너무 좋지 않냐!

순간을 음미하는 여유를 갖기

행복은 강도가 아닌 빈도다

무언가를 목표로 삼고
성취해 내는 것도 행복이지만

성취의 행복을
얻은 뒤에는

금방 당연시하고
속상해 하곤 한다

일상 속 소중함을
충분히 느끼고 있어야

다양한 행복들을
진정으로 기뻐할 수 있다

어디서나 행복을 발견하고
고맙습니다
오래오래 음미해야지

우와
자주 감동하고
자주 감사해야지

그 마음의 힘으로

충만한 일상을 보내야지

 이 지금 

1..3..7..백..
(아이유 -이 지금 中)
있지 그곳도 사실
바보들 투성이야
아니 매우 반짝이는 건
오히려 NOW NOW NOW

이 하루 이 지금~
우리 눈부셔 아름다워
이 불꽃놀이는 끝나지
않을 거야

매일매일 제멋대로인
바람결을 땋아서 만든
이 나침반이 가리킨 그곳에서
발견! That's YOU YOU

별 거 아냐!
걱정
고민
있지 저런 건 그저
자그만 돌맹이야
즐 겨
빛이 나는 건 여기 있잖아
Life is Cool Cool Cool

나는 확실히 알아
오늘의 불꽃놀이는
끝나지 않을 거야

소중한 것들을 더 소중히
여기는 하루하루를 보내야지

더 놀라운 건 지금부터야

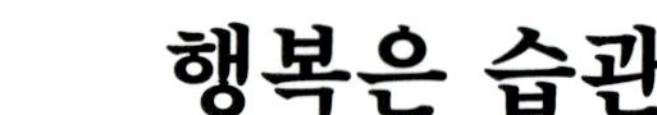 

행복은 습관

떠들면서 먹는 순간들이
정말 행복하게 느껴졌다

그러다가도 금방
이 행복들이 사라질까 겁났다

그때 동기언니의 말은
여전히 내 마음에 남아있다

이제 나는 언니의 말에
동의할 수 있다

행복은 내용만 다를 뿐
언제나 주변에 있다는 걸

행복도 습관이라는 걸

인생에서 힘든 순간도 분명 있었고

즐거운 날들이 다시 오기는 할까 했던 시기도 있었지만,

그 시간 동안 내 주변에 있는 행복을 찾는 방법을 배웠어.

이젠 내가 가진 것들이 당연하지 않다는 걸 알아.

  행복 요정

대신 행복으로 채워줄게

좋은 일 가득할 거야!

행복해져라!

 # 가끔은 

어떤 날은 걷는 것조차
힘이 들 거야

정해진 속도는 없어
오늘의 걸음에 집중하는 거야

그날 그날의
걸음을 그냥 걷는 거야

왜 쉬었지?
왜 뛰었지?
중요한 건 그날의 나를
탓하지 않는 것

어떤 날은 무리할 수도 있고,

어떤 날은 푹 쉴 수도 있어.

중요한 건 그날의 나를 탓하지 않고

고마워하며 나아가는 일.

 # 봄은 온다

하나 둘 싹이 트고
저마다의 색을 칠한다

창문을 활짝 열어두어도
춥지 않은 봄이 찾아왔다

이렇게 오고 가는 계절처럼
늘 삭막할 것 같던 날에도
햇살이 가득 차는 날은 온다

봄은 분명히 찾아온다

COOL
쿨-함이나
ㅋㅋㅋ ㅋㅋㅋ
유머감각이나
끊임없는 에너지

나에게 부족한 것을
가진 사람들을 보면서

'나에게도 있었으면'
하고 바라곤 했지만

그걸 다 가진 나는
더이상 내가 아닐거야

나에게 맞지 않는 걸
탐하기 보다

내가 가진 것들을
안아줘야지

 # 견생의 진리

우리집에는 멍멍이가 산다
이름은 맹구리!
아유 기분 좋개~
ㅋㅋ
맹구리는 산책할 때
쉬를 많이 싼다

그러고선 발로 휙! 휙!
하곤 하는데
부끄러워서
숨기는 건가..?

나, 임맹굴!
이곳에 다녀갔개! 엣헴!
(흑!)
더 퍼져랏
= 내 냄새
(흑!)
부끄러움이 아닌
자신감의 표시라고 한다,,

나 너무 잘생겼고
그게 견생의 진리지
Yeah!
맹구리의 자기애는 못 말려

당신도 넘 멋져,,
당신 누구개,,?

 # 유일무이 

그래서 나의 이야기는
볼품없다고 느끼곤 했다

여전히 내 그림에
완벽한 자신감은 없지만

이런 확신은 있다

세상에는 다양한 이야기가
있지만

나만이 표현할 수 있는
이야기가 있다는 것

주눅이 들 때면 스스로 잊고 있는
분명한 사실을 말해 주자.

너는 너 하나고, 너만이 표현하고
해낼 수 있는 것들이 너의 안에 있어.
숨기지 말고 그 이야기들을
마음껏 펼쳐 내면 돼.

늘 의식적으로
순간에 집중하려고 한다

모든 시간은 저마다의
고유한 특별함을 지니고 있다

그 순간의 인연
그 순간의 즐거움
그 순간의 나
오로지 그 시간에서만
느낄 수 있는 것들을

시간이 흘러 그리워하기 보다
순간에서 음미하고 싶어서.

내가 있는 여기에서의
순간을 생생하게 느끼고 싶다

 # 자, 이제 시작이야 

이미 지나가 버린 일들을

자주 그리워하며 시간을 보냈지만,

그보다 더, 지금과 앞으로의 날들이

반짝일 거라는 걸 기억해.

어차피 사는 거
즐겁게
긍정적으로 지내려고
노력하는 편이지만

역시나 절망스러운 날은
견뎌낼 수 없어서
할 수 있는 모든 투정을 한다

늘 좋을 수도 없고

늘 웃기만 할 수 없겠지만

그 끝은 언제나
밝은 마음이길 바란다

엉망이야
일이 잘 안 풀릴 때는
ㅎㅎ
계획대로 되는 중
'계획대로 되고 있어!'
하고 생각하곤 한다

계획은 무슨
쒸익
쒸익
물론, 당장은 어렵겠지만

당장은 모를 일이지
하지만
결국 잘 풀릴 수도?
그렇게 생각하면

차근
차근
서두르지
말고
그 시간을 덜 불안해하며
보내게 된다

아주 계획대로
잘 흘러가고 있어.
럭키!

일이 마음대로 흘러가지 않을 땐

마미손의 노래를 떠올려 봐.

"오케이 계획대로 되고 있어."

지금 당장은 알 수 없겠지만

어떻게든 좋게 흘러가고 있다고 막연히 믿어.

세상일은 조금 더 길게 보면

오히려 좋을 때가 많으니까.

 # 될 일은 된다 

마음이 자꾸만
급해질 때면

차근차근
숨을 가다듬고
여유를 되찾자

1) 알아차리기
지금 서두른다!
2) 마음 살피기
괜찮아..!
서두르지 않는 연습을 하자

순간을 느끼며
가자!
될 일은 어떻게든 될 테니까

진인사대천명

망칠 것 같아..
현실이 됨..
불안에 떨거나, 긴장해서
되려 일을 그르친 적이 많았다

일단, 할 수 있는걸
열심히 !!
그럴 때, 진인사 대천명 !
나는 !
잘 될 운명 !
그리고 자신감도 한 움큼 !

화이팅-!
무엇이든 과정은 나의 몫이고
GOOD LUCK
결과는 내 손 밖의 일

도와주세요ㅎ
최선을 다 하고
어느 정도는 운명에 맡기자

자주 내 몫이 아닌 일까지 내 힘으로 해 내려고 애쓰곤 했어.

내가 해야 하는 일이 있으면 시간이 해야 하는 일도 있는 것.

내 몫에 최선을 다하고 나머지는 시간에 맡기는 여유도 필요해.

TO. 하늘

그래도 도와줄 거지요?

바리수 그리는 방법

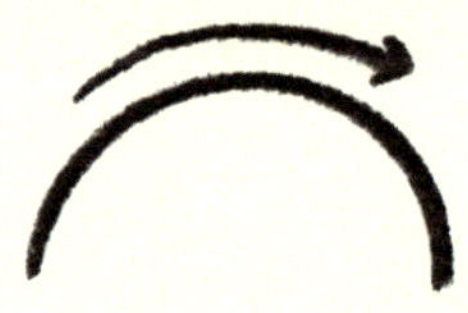 1) 반 원을 그려주세요.

 2) 길쭉한 귀도 2개!

 3) 넓게 물결모양을
그려주세요.

4) 양 옆에 호빵맨
   손도 그려주고

5) ㄴ ㅣ ㄴ 발도 그립니다

6) 원하는 표정을
   그려주면 완성!

자취 첫 날

짐이 넘 많아
이것도 가져가
(엄마 특징: 일단 챙겨주고 봄)
서울에서 동생과
자취를 시작했다

룰룰
봄
봄
음음메
본가에서 지내다가
밍기적..
가야지.. 슬슬..
이제서야 나오게 됐다

본가에서 정말 편하게
세월아 네월아 지내다가

엄마 아빠가 옮겨준 짐을
정리하면서

혼자 엉엉 울었다

그러다가 잠이 들었다

깨고 나선
(단순)
슈크림빵?
동생이 가져온다는 빵을
설레는 마음으로 기다리고

변화는 언제나 낯설지만
자란다 !
이 또한 다 적응이 되겠지

잘 지내자~

잘 부탁해~ 내 방아 ♡

 # 실타래 같은 하루 

그래서 마음이
답답했나

어디서부터
꼬인 건지 모르겠지만

하루하루 풀 수
있을 거라는 걸 안다

아
차
자주 엉켜버리는 일상이지만
어머!
다 엉켰네ㅎ
하하
하 하
나름대로 푸는 재미가 있지

약간의 게으름을 피우면 꼬여 버리는 하루.

마음도 덩달아 복잡해지지만

차근차근 풀다 보면

이제 웬만한 꼬임에는 당황하지 않게 될 거야.

마음이 시끄러울 땐
바람부는 모래사막 같다

모든 잡생각들이
둥둥 떠다녀서
도통 차분해질 수가 없다

그런 마음을 살펴보는
일을 좋아하는데

그럴 땐 모래가 가라앉듯
마음도 시간이 지나면
언제 그랬냐는듯 가라앉는다

필요한 건
여유와
인내심
약간의 시간이 필요할 뿐

마음도 가라앉을 시간이
필요해요

"자신에게
쉼을 허락하세요"
요가를 하며 들었던 말이다

쉼..
그 말이 왠지
크게 와닿았다

어쩌면 기회를 놓칠까
멈추면 뒤처질 것만 같아서

할 수 있지..!
나에게 휴식을
허락하지 않았던 것 같다

그렇게 오게 된 본가..
엄마! 드라이브 가자
그래~가
멍이 산책?
가자!

어...
꼬였네..
루틴..
일상
일
상
여전히 균형을 맞추는 건
쉽지 않은 일이지만

그래도 틈틈이 되돌아보며
지금의 나
나에게 쉼을 허락해야지
쉽니다

멘탈 깨지면
후유증이 큰 편..
멘탈이 약한 나는
자주 흔들리고 지치곤 한다

또냐..
그런 내가 지겹기도 하고
넌 약한 거
아냐?
스스로 자책하기도 했지만

처음부터 멘탈이
단단한 사람은 없다고 한다

크고 작은 역경과 상처를 겪으며
다시 일어나는 거였다

지친 자신에게 자책보다는

적절한 위로와 휴식을 주는 것

 # 퀘렌시아 

나를 위한 쉼이 필요할 때
나만의 퀘렌시아로 ~

퀘렌시아 란?
ㅇ 스페인어로 '안식처'라는 의미
투우경기에서 소가 위협을
피하며 숨을 고르는 곳

치열하게 사는 현대인이
몸과 마음을 쉴 수 있는 공간.
재충전의 공간

코로나 블루 때문인지,
기분 탓인지
헛헛하다..
며칠 동안 축 처져있었다

격하게 아무 것도
하기 싫은 기분
암 것도 안 하고 싶다

방에 들어가서 조용히
책을 일기고
잠이 오면 그대로 쿨쿨~ㄹㄹ

오늘은 덜 봐야지!
특히, 인스타! 유튜브
핸드폰은 조금 멀리 하고
혼자 두시오
내가 좋아하는 곳으로 도망!

마음 쉴 틈 없이 바쁜 나날이지만

내 몸과 마음이 쉴 수 있는

공간과 방법이 있다면 천하무적!

 어떤 믿음 

(아이유 - 분홍신 中)
♩ 내 운명을 고르자면 ♬
♬ 눈을 감고 걸어도 맞는 길을 고르지 ♪

사실 우리가 나아가면서
우리를 불안하게 만드는 것은
'이 길이 맞을까?'라는 걱정이다

그래서 더 자신이 없고,
머뭇거리게 되곤 한다

아이유 또한
그럴 때마다 이 구절을
떠올렸다고 한다

내가 걷는 길이 맞고,
결국에는 잘될 거라는 믿음

어떤 믿음은, 어떤 말은
우리를 더욱 더 나아가게 한다

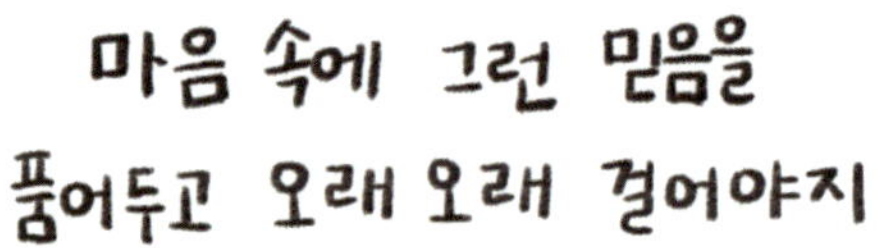

마음 속에 그런 믿음을
품어두고 오래 오래 걸어야지

눈을 감고 걸어도
맞는 길을 고르지

20살은 처음이라

겉은 반짝였지만
마음 속은 가장
어두웠던 20대 초반

?
성인이 되어서 어떻게 살아가는 게
나에게 맞는 건지 몰랐다
ㅎㅎ
겉으로 좋은 것만 보였고

 마음은 어두웠지만

 남들에게 멋지게 보이면

좋은 삶인 줄 알았다

끊임없이 남과 비교하면서

뒤처질까 두려웠다

강박적으로
몸무게에 신경쓰며

거식과 폭식을 넘나들었다

하나도 안 행복해

점점 무채색이 되는 날
발견한 건 23살이었는데

...

아무 것도 즐겁지 않았다

내 삶이
무채색이 된 것 같다

그렇게 일기장 안에는
어두운 마음만 쌓여갔다

내 일상에
빛이 되어준 결심은

남이 아닌 내가
기쁜 삶을 살래

단순했지만 지금까지
나에게 많은 힘을 주고 있다

되돌아보면 힘들었던 날에서

가장 많은 생각과 배움을 얻었고,

그 힘으로 앞으로 나아가고 있기도 해.

누가 정해둔 건지도 모를 많은 의무에 덜 힘들어하고,

나의 길을 나만의 속도로 걸으며 더 즐겨야지!

 풀잎마다 요정이 있어

내 곁에도 그런 존재가 있을까
하고는 떠올렸다

지칠 때는
그 말을 믿어 보기도 한다

나의 곁에는 항상
응원해주는 존재가 있다고

그게 보이든 보이지 않든
언제나

가끔은 막연하게 나를 응원해 주는

요정 같은 존재가 있다고 믿어 봐.

무한한 응원을 해 주는 그런 존재를

상상하는 것만으로도 나아갈 힘이 생기곤 해.

PART 2

조금씩,
분명히 나아질 거야

하루하루 나아질 거야

나아질 거야
분명히!
으쌰으쌰
그럴 때
스스로를 열심히 응원한다

내일은 더 나을 거라는
굳은 의지로 나아간다
내일은
분명 더
괜찮을 거야
분명히!

오르락 내리락 하는 날들에
잔잔해지는 날이 온다는 믿음

분명히 나아진다
늘 그랬듯이

기분의 3단계

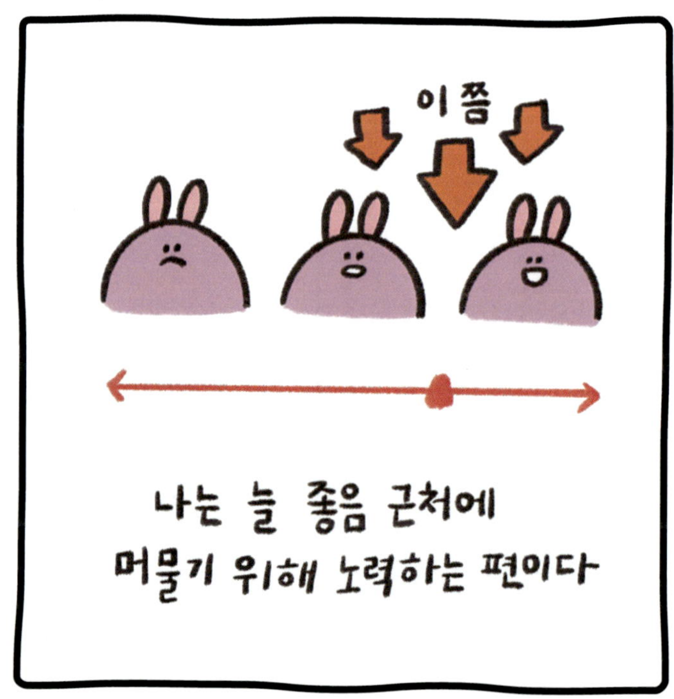

기분이 저기압이라도
금방 회복할 수 있는 지점

그래서 내 생각의 흐름을
유심히 살펴보곤 한다

필요 이상으로
너무 불안한 건
아닌 지
심각한 건
아닌 지
부정적인 쪽으로
치우친 건 아닌 지

흐름이 나를 힘들게 하는 곳으로
치우치게 되면
좋은
생각
노래
책
행동
얼른 나서서 흐름을 바꾼다

빠르게 알아차리고

깊게 들어가지 않기!

지난 일기를 펼쳐보면
모든 날들이 알록달록하다

하고자 하는 일에 대한 고민
누군가를 향한 애정

빈번한 우울감과
종종 찾아오는 힘찬 하루

사이사이를 메꿔주는
몇 가지의 글귀들까지

열심히 하루하루를 보내며
걸어온 많은 순간들

늘 좋을 순 없어
삶에서의 희노애락을
인정하고
'지금'   '여기'
오늘의 순간을 겸허히 걷자

❤   밝은 마음   ❤

혹시라도 억울한
기분이 들려고 하면
난   불운해
`난 불운해` 라고 생각하지 말고

`이걸 잘 이겨내면 행운이 올 거야`
라고 생각하라
by 마르쿠스 아우렐리우스

일상에서 어려운 일을
마주하면

곧잘 좌절하고 무기력해졌지만

조금 힘들더라도 이겨내면

살아가는 지혜를 얻을 수 있었다

그리고 어김없이
선물같은 날도 찾아오곤 했다

인생..
아무에게도 쉽지않지
그래도 잘 지내보는 거야

밝은 마음으로 모든 날을
잘 지내보는 거야

나에게 꿈을 계속
키워나가게 해주는 노래
오마이걸의 `비밀정원`

아침 햇살
무럭무럭
빗방울
긴 꿈
가사가 정말 예뻐서
상상하며 들으면 너무 좋다♥

내 안에 소중한 혼자만의
장소가 있어
아직은 별 거 아닌 풍경이지만

조금만 기다리면
곧 만나게 될 걸

꿈
이 안에 멋지고 놀라운 걸
심어뒀는데
아직은 아무 것도 안 보이지만

조금만 기다리면 알게 될 거야
나의 비밀정원

아마 언젠가 말야
이 꿈들이 현실이 되면
할수있다!
함께 나눈 순간들을 이 가능성들을
꼭 다시 기억해줘

멋지고 놀라운 걸
나의 비밀정원
이 노래를 듣고 있으면
언젠가 마주할 꿈의 순간들을
설레며 기대하게 된다

매일의 점

내가 있는 자리에서 오늘의 하루를 바라보면 아무런 힘도 없는 시간 같지만 사실 모든 일은 이 하루들이 쌓여서 생긴 걸. 가지고 있지만 보이지 않는 힘을 믿으며 날마다 나아가면 어느 날 그 시간은 나에게 선물 같은 사건을 만들어 줄거야.

모소 대나무

모소 대나무는
나는 왜 자라지 않지
3cm
씨앗이 뿌려진 후
4년 동안 단 3cm만 자란대요

그 긴 시간 동안
거우 3cm 자라는 걸 보며

사람들은 그걸 키우는
농부를 어리석게 여겼대요 (쑥덕)
자라질 않네
오늘도 잘 자란다~
(쑥덕)
왜 키우는지~

준비 됐지?
완전!
가자~!
하지만 5년째 되는 어느 날
쑤욱~
쑥!
하루에 30cm씩 자라며

순식간에 아주 울창한
대나무 숲을 만든대요

...
모소 대나무는 그 시간 동안
준비하시고-
뿌리를 단단하게 내리고
있었던 거예요

아주 굵고
크게 자란다구
~
이렇게 자라나기 위해서요

때때로 내가 하는 일이
나아지지 않아서
아무리 물을 줘도,,
날 믿어줘
속상한 사람들에게

때때로 나아가는 길이

너무나 멀게만 느껴질 때가 있어요.

그럴 땐 지금

튼튼한 뿌리를 내리는 중이라고 생각하며

그 하루를 힘차게 살아내야겠어요.

쉽게 작게 자주

힘이 많이 들어간 이야기는
많은 에너지가 소모돼서

금방 지치곤 했다

슬럼프는

잘 해야한다는 부담감에
오곤 했으니까

무언가를 행하고 이뤄낼 때
힘을 빼는 연습이 필요하다

쉽게 할 수 있는

1컷만

작은 것들을

가벼운 마음으로 자주 하는 것

그러다 힘이 생겼을 때는
조금 더 큰 행동을 하기도 하면서

여전히 어려운 일이 많지만
차근
차근
그럼에도 조금씩 나아가고 있다

그렇게 조금씩
꽈악
꾸욱
내 꿈에 끈질긴 사람이 되어야지

소원이 생길 때면

고3 때부터,
원하는 일이 있을 때면
꼭! 글로 적었어요.

이런 식으로 말이에요. (쑥스)

의지 덕분인지
꽤 많은 일들이
이뤄지곤 했어요.

라고 생각할 수도 있지만

우리의 가능성은 무궁무진 해요!

더이상 하기 싫을 때

'한번 더!'를 외치며
조금 더 해보곤 한다

게으른 마음에게
힘을 길러주는 방법 중 하나

그럼 다음 번에는
조금 더 할 수 있을거야

호박이 땅콩만할 때
통에 넣어두면
딱 그만큼만 자란다
그런데
사람도 그렇다
by 존 맥스웰

기회
우리는 종종 가능한 일인데도
못할거야
스스로를 과소평가하며
포기해버린다

스스로를 안에 가두면서,
그곳은 안전하고 편하니까

하지만
꼭 기억해야 할 건
우리는 우리의 생각보다
더 큰 힘을 가지고 있다는 것

격
파
그러니
한계를 두지 말고
두려워 말고

우리는 모두 같은 지구에 살지만 저마다 다른 각자의 세계 안에서 살고 있어요. 한때는 내가 생각하고 지내는 것이 세상의 전부라고 생각했던 적이 있었어요. 하지만 세상은 넓고 세상을 바라보는 시선은 사람의 수만큼 다양한 거였어요.

여전히 새로운 시각들을 배우고 싶고, 내가 가지고 있는 스스로의 한계를 이겨내고 도전하고 성장하고 싶어요. 지금 내가 생각하는 한계점들과 편견도 결국은 내가 깨고 나와야 할 것 중 하나일 테니까요.

가능성의 촛불

예전에는 작은 행동에
의미부여를 하지 않았다

그런 생각이 기본이었다

요즘은 이런 생각을 한다

이 시작이, 행동이 나를
어떤 곳으로 안내할지 모른다 !

처음 작은 노트에 그린 그림이

아주 오래 그려지게 될 지

하루 하루 적은 소소한 글이

책으로 나오게 될 지

처음 그때의 나는
그런 기회가 올 지 몰랐을 텐데

그래서 이런 마음으로
하루하루를 지내고 있다

촛불 하나의 가사에서

촛불 하나를 켜서
또 다른 촛불을 찾아내듯이

시작과 꾸준함은 언제나 저에게

새로운 기회를 주곤 해요.

이미 이뤄놓고도

어린 물고기는 나이 든 물고기에게 다가가 말했어.
전 '바다'라고 불리는 멋진 곳을 찾고 있어요
(영화 소울 中)

'바다?' 지금 네가 있는 곳이잖아!

여기요?
그러자 어린 물고기는 말했어

여기는 물이잖아요.
제가 원하는 곳은 '바다'라구요.
여기가 바다야

💜 그냥 하자 💜

포기할래
부담스러워
힘들어
예전에는 힘들면 포기했다

스스로 한계라고 판단하며,
나는..
여기까지야
이건 나의 것이
아니라고 생각했다

이제 나는 안다
가능성은 무한하고
내가 나를 믿으면 된다는 것

홈..
모든 일이
그저 쉽진 않지만
반드시
방법이 있을 거야
아하!

그리고 분명 그 안에는
상상도 못 할 기회들이 있겠지

완벽을 추구하기보단

그냥 계속 계속 하기,

잡생각 안 하기, 그냥 하기.

눈앞에 있을 때 움켜잡아

흥미로운 기회의 신
카이로스 이야기

흥미롭고 의미가 있는
이야기를 무척 좋아하는 나

예전부터 카이로스 이야기를 좋아했다

기회가 왔을 때
정확한 판단과 결단을 내리고

앞머리를 꽉 움켜잡을 것!

지나치면 다시 잡기 어려우니

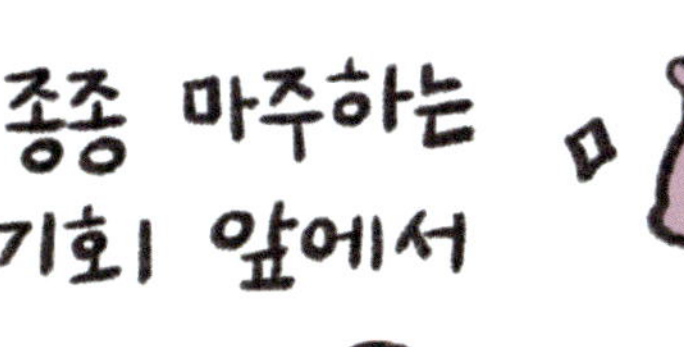

종종 마주하는
기회 앞에서
호다닥
호다닥
머뭇거리고, 보지 못한 채
놓치곤 했겠지만

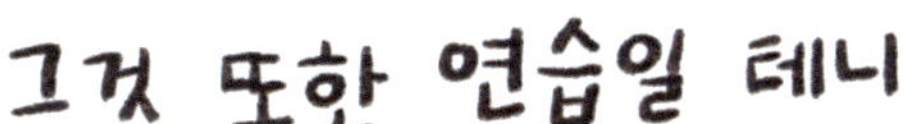

그것 또한 연습일 테니
휙!
팔짝!
휙!
다가오는 기회에는 과감히
손을 뻗어야지

그리고 나도 열심히
찾아 나서야지

선택을 한 후에는
스스로의 선택을 믿어줘야 한다

이 모든 것은 내 선택이었고
난 그걸 책임질 수 있다

이런 담대한 마음을 담고 있으면
무엇이든 할 수 있다

야간의 완벽주의인 나는

조금만 틀어져도 의욕을 잃는다

그래서 조금 부족하더라도

꾸준하게 행하는 것에
의의를 두고 있다

꾸준히 하고 싶은 일을
정하고 시간을 비워두기

보이지 않아도
서서히, 분명히 쌓인다

기회는 행동에서
온다고 난 믿는다

완벽하게 하루의 양을 다 채우지 못하더라도 꾸준히 매일매일 행동하는 것에 의의를 두고 있어요. 그것들이 제 일상의 활력을 주기도 해요.

앞으로 꾸준함의 근육을 키워서 무엇을 하더라도 기어이 해내는 사람이 되고 싶어요.

게을러지면
부정적인 생각이 많아진다

지저분한 주변은
그런 생각을 더 부추긴다

그렇게 점점
무거워지는 몸과 마음
난 못 해

어베베
게을러
나를 갉아먹는 생각에서
벗어나야 해!

우선, 작은 움직임부터!
샤워하기
이불 개기
산책하기

먹구름이 사라지듯
조금씩, 분명히 나아질 거야

일상을 소중히 가꾸자

일상은 뿌리와 같은 것. 일상이 엉망이면 뿌리가 약해져 금방 상해 버리고 말 거야. 튼튼한 뿌리를 가지고 있는 나무는 웬만해선 쓰러지지 않아. 그런 튼튼한 뿌리를 가지려면 튼튼한 일상을 만들어야 해.

① 바깥 생활 주기적으로
(햇빛 가득 쐬기요-)

② 매일 할 수 있는 운동 찾기
빨리 걷기 30분

③ 하루의 끝에서
기분 좋았던 일 되뇌이기
아까 먹은 스콘
산책 좋았어
선선한 밤

④ 마음을 나눌 수 있는
존재와 자주 함께하기

⑤ 잠자리를 쾌적하게
조명.. 온도..
습도..

⑥ 내가 생각한 것보다
심각하지 않다는 걸 알기
즐~겨
즐기자

누구나 알고 있지만

지키기 쉽지 않은 방법.

하지만 방법을 알아 두면

언젠가 톡톡히 그 힘을 발휘할 거야.

모르는 게 약일 때도 있지만,

이런 건 아는 것이 힘.

무기력에 대처하는 자세

첫번째, 그대로 둔다
두번째, 억지로 움직인다

나는 왜
늘 우울은 나의 문제라고
여겼었는데
나야 나
보통은 뇌의 문제라고 한다

그래서 이럴 때일 수록
생각을 조심하곤 한다
심
술

최대한 햇빛을 많이 쪼이고
좋아하는 활동도 하면서

스스로가 무기력에서 나오도록
도와주려고 한다

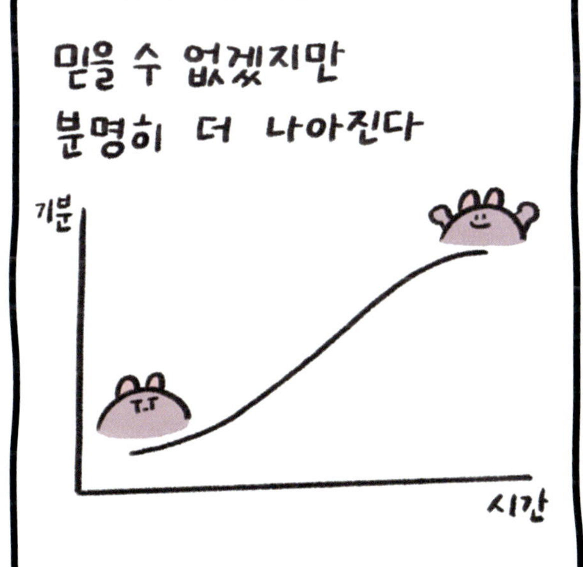

믿을 수 없겠지만
분명히 더 나아진다
기분
시간

하루하루 더 좋아진다

내 마음과 친해지는 방법

울적해
돈 쓰자!
울적할 때의 과소비를
경계 한다

허헛한 마음을
즉각적인 쾌감으로 채우면
허헛한 마음이 오히려 또렷해진다

돈만 쓰게 되구
시를 읽자..
그래서 그런 마음이 들면
다르게 해소하려고 한다

<효과있던 것>
산책
책읽기
차근차근 알아가는
내 마음과 친해지는 방법

생각보다 별거 아니야

언제 무슨 일이 일어나든,
어떤 상황이든
다 감당할 수 있다
(수전 제퍼즈 - 자신감 수업 中)

매일 매일 다른 날을 지내며
?
?
?
다양한 사건을 마주하게 되는데
OMG..

되도록 일어난 일이나 감정을
후~ 하~~
객관적으로 보려고 노력한다

최악의 상황보다는
다른 시선으로 방안을 생각하기

가벼운 마음으로

움츠리지 말고

내 안에 더 큰 힘이 있음을
분명히 알아야지

여전히 겁이 나는 일이 많지만

이제 움츠리지 않고 그 일들과 마주하기로 해.

내 안에 있는 단단한 힘과 함께,

분명히 생각보다 별거 아닐걸?

망했다
(심각)
큰일이다
(진지)
자주 삶에서 마주하는
일들을 심각하게 받아들였다

...
심각
'심각함'이라는
주관적 안경을 끼고
무서워
망했어
두려워하는 일이 많았다

그럴 때면
모든 일이 무섭고 버거울 따름
무서워...!

한 달 후
ㄱ
그래서 늘 멀리서 보는
연습을 하는데

별 거 아냐
그 연습은
나를 더 자유롭고
그냥 하자
즐길 수 있도록 해준다

섣불리 내 마음이
두려워하는 일이 없도록

심각해지지 않을래

생각을 풀어 주는 연습이 필요해.

라벨링 효과

라벨링 효과를 아시나요?
긍정

~
라벨에 기재된 대로
믿어버리는 것,
긍정적이야~
똑순이
똑 부러져~
긍정
누군가 내게 기대하는 대로
된다는 말이에요

타인이 붙여주는 것보다

스스로 내게 붙이는 것이
더 중요하다고 생각해요

실제로 저는 정말 부정적인
사람이었는데

셋째 언니의 영향으로
정말 긍정적으로 변했어요

스스로에게 '긍정'이라는
라벨을 붙이고 살았거든요

지금도 원하는 모습이 생기면
그 단어를 내 것이라고 생각해요
정해진 모습은 없어
?
성장
당당

단어는 저마다
다른 힘을 가지고 있고

긍정
성장
행복
단단
용기
내가 정한 나의 키워드가
앞으로의 나를 만든다고 믿어요

미룸이와 우울이

미루는 일이 많아지면
쉽게 우울해진다

서로가 서로를 끌어들이는
미루기와 우울감

그 굴레가 계속되면
끊임없이 아래로 내려간다

설거지
한다!
그래서 되도록 바로 처리하고
미루는 걸 줄이려고 한다

하··
미룰까
아냐
5분만!!
미루는 순간에 조금 더
힘을 내서 바로 하는 것

뿌듯
뿌듯
건강한 일상의 시작이다

우울 대처법

자주 울적한 스스로를 위해
다양한 처방책을 가지고 있어요

① 조용한 카페에 앉아있기

② 누워서 우울감 만끽하기

이외에도.. 브런치 먹기, 청소하기 등..

너무 많은 걸 생각하면

안 할래
티덜..
티덜..
아무것도 할 수 없게 돼

일단 해보자!
가끔은 그냥 해버리는게
가장 좋은 선택이야

설레게 하는 일

일상 속에 단비 같은 설렘을 가지고 있다면

그 자체로 축복.

설렘이 있는 날들은 소중해.

절대 그 설렘들이 빛을 잃지 않도록 아껴 줘야 해.

내가 살아온 20대에
후회가 없는 이유는
☆도 전☆
하고 싶은 건 다 해보았기
때문이에요

20대 초반에
찾아온 우울감 덕에
그림을 그리는 사람이 되었고
(봐주셔서 감사해요♡)

도전을 좋아하고 궁금한 건
참을 수 없던 성격 덕에

궁금한 알바는 전부 해보았어요

덕분에 이런 근자감도 생겼어요 ㅋㅎ

이렇게 열심히
일해서 번 돈으로

이곳 저곳 후회없이 여행도 다녔어요

그리고 오래 소망하던
영국워홀도 다녀왔어요

지나온 날들에 후회가 없다는
생각이요

고민스러웠던 나날도 많았지만
그럼에도 나아가고 싶었어요

진부한 이야기지만,
전 여전히 꿈꾸면 이뤄짐을 믿어요

그 마음이 후회없는 날들을
만들어 주었으니까요 :)

정해진 길은 없어

내가 용기를 가지며
살 수 있었던 건
언니벤져스
우리 언니들 덕분이다

언니들의 다양한 삶의 모습이
내가 선택하는거야
겁먹을 필요없다구
나에게 수많은 길이
있다는 걸 알려주었다

첫째 언니는 고등학교
졸업 후에 바로 취업했고

둘째 언니는 다니던
대학이 안 맞아 자퇴했다

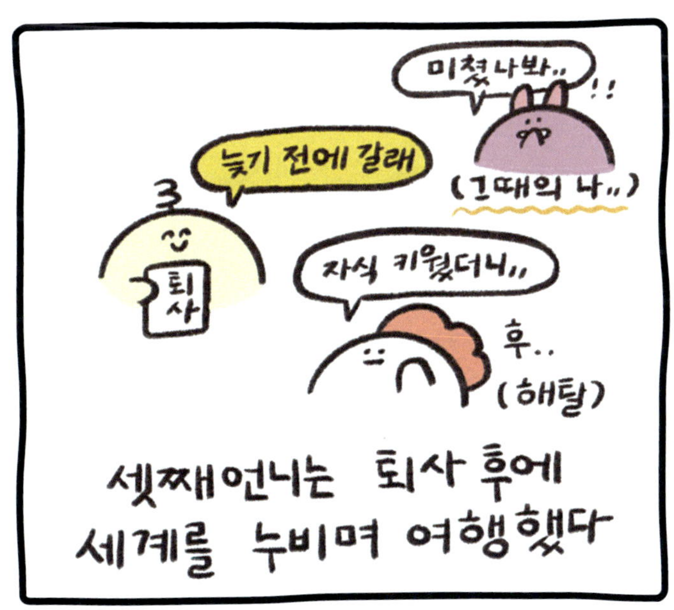

셋째언니는 퇴사 후에
세계를 누비며 여행했다

많은 사람들이 가지 않는 길을
간다는 건,
여긴 길이 없어
나에겐 세상이 무너질 것
같은 느낌이었다

하지만 언니들의 삶도
꿈도 여전히 계속 되었고
그 땐 언니들 큰일 나는 줄
잘 먹고 잘 사네!
그 길들이 생각보다
무서운 길만은 아니었다

용돈 받아랏~
FLEX
어디서 살아볼까?
다 내가 좋은가봐
바쁘다
바빠
아니, 오히려 더 근사하고
자신에게 어울리는 길이었다

한 사람의 용기는

또 다른 누군가의 용기가 되어 주곤 해.

짧게라도 하루를
기록하려는 요즘

생각해보니..
아까는 서운했어
응
일기를 쓸 때 비로소
나의 내면과 마주하게 된다

일기는 지난날의 내가 지금과 미래의 내게 주는 지침서.

일기를 쓰면서 점점 더 내면의 밀도가 높아짐을 느껴.

순간들의 내가 만나는 공간, 바로 일기!

하하하하하하..
어엿한 성인이 된 지금,
지금껏 살면서 부모님께
감사한 일을 고르자면

지켜준 가족의 울타리와
맹!
소중하고 보물인 우리 남매

경제적 지원은 적었지만,
자신있어~ 자신이쒀
☆알바몬☆
자신감
도전력
적응력
덕분에 얻은 자생력과 독립심

마지막으로,
그림을 좋아하는 마음을 주신 것
장래희망
ㅇ화가

돌아보니 행운!
투정도 많이 했지만
돌아보니 정말 감사한 일

나에게 든든한 힘을 주는
세 가지
가족
자생력
그림

요즘은 의식적으로
자극적인 콘텐츠를 멀리 한다

특히, 비방이 과하거나

아무개 : ㅋㅋㅋㅋ #◎~,
진짜 한심하다 ㅉㅉ
(욕설 ～ 대잔치)

욕설이 섞인 것은 더더욱

나도 모르게 그것들을
흡수하고 배우는 것 같았다

개인적으로 정신 건강에
무척 신경을 쓰는데

그런 자극이 나에게
안 좋은 영향을 주곤 한다

어렸을 적
좋은 것을 보여주고 주는 것은
부모님의 몫이었지만

다 자란 나에게
좋은 것을 보여주고, 먹이는 것은

이제 온전히 나의 몫이다

생각을 조심하라. 말이 된다.

말을 조심하라. 행동이 된다.

행동을 조심하라. 습관이 된다.

습관을 조심하라. 성격이 된다.

성격을 조심하라. 운명이 된다.

우리는 생각하는 대로 된다.

- 마가렛 대처 (*Margaret Thatcher*)

요즘은 하루를 되돌아보며
감사일기를 쓰고 있어요

누군가와 비교하며 작아질 때도
스스로가 별로인 것 같을 때도

어쩌면
내가 가진 것들을 당연하게
여기고 있었던 것 같아요

사회문제
코로나
요즘처럼 뒤숭숭한 시기에
행복하고 감사한 마음을
갖는 것조차 사치인 것 같지만

그럼에도 여전한 사랑
럭키!
우연한 행운들
자그마한 기쁨들에
감사하고 있어요

내가 가지고 있고
누리고 있는 수많은 것들에
진심으로 감사하며
매일을 보내려고 해요

그렇게 된닷!
만족하며 즐겁게 살면서
성장하는 사람이 될 거예요

PART 3

서로의 하루를
더 따스히

너무 많은 것에
연연하지 않고 싶어

지나간 것은 지나간 대로 두고
별거 아닌 일은
그냥 넘기는 마음

멀어지는 인연에
자연스러움을 받아들이고
욕심 부리지 않는 마음

그런 마음을 가지고 싶어

1	2	3	4	5	6
약속	약속	x	약속	약속	약속

그런 나에게
꼭 필요했던 질문
어떤 관계를 맺고
누구에게
애정을 쏟아야 하지?

서로를 애정으로
바라보는 사이
서로가 서로에게 좋은 사이

일방적인 관계가 아닌
상호존중의 관계
소중해
특별해

서로에 대한
마음의 온도가 따뜻한 사이

소모적인 관계보다
좋은 사람에게 더 잘해야지

좋은 사람들의 온기 속에서

오래 오래 행복해야지

좋은 사람에게
더!
잘 하자!

 # 나는 나여서 사랑스러워 

내가 가지고 있는 것들을 더욱 소중히 여길 거야.

그 모든 것들이 나를 다른 사람들과 차별화하고

특별하게 만들어 주는 거니까.

203

 # 나를 응원해 

나를 더 소중히 할거야

좋은 책을 읽고
좋은 생각을 하고

잘하고 있어!
오늘도 고생했다
차근차근!
할 수 있어
좋은 말도 많이 해줘야지

누군가 날 이해 못 해도
모두에게 이해 받을 순 없지

누군가에게 미움 받더라도
괜찮아
괜찮아

애정을 보내요
내가 사랑하는 사람들에게
하는 것처럼

잘한다
멋지다
나에게
응원을 아끼지 않을 거야

내 몫을 다부지게

누구와 비교할 필요없이
불안해 할 필요없이

나의 시간 안에서
내 몫을 다부지게
해내면 되는 것

~는 뭐 한대
~는 어떻대
?!
?!
그런 생각들로
에너지 소모할 필요없이

지금을 충실히
오늘의할일
즐기기
연습하기
그리기
나의 손이 닿을 수 있는
것들로 차근차근

주변을 살피며 불안에 떠는 날이 있어.

사실은 나는 내 몫의 일만

잘 해내면 되는 건데.

주변 살필 힘을 아껴서

나의 일에 가득 집중해야지.

멘탈이 약한 나는
자주 흔들리고 지치는 편이다

게다가 회피하는 성향이
있는 탓에

도망치려고도 한다

하지만 도망치는 건
더 큰 잡념을 가져왔고

결국에는 마주해야 해결됐다
뭐냐!
?
(생각보다 늘 별 거 아님)

지치고 흔들리는 일은
내 일상의 주기적인 일이 되었고

조금씩 성장한다는
마음으로 맞이하고 있다

물렁!
단단!

항상 단단할 수만은 없고
늘 단단하기만 한 사람도 없다

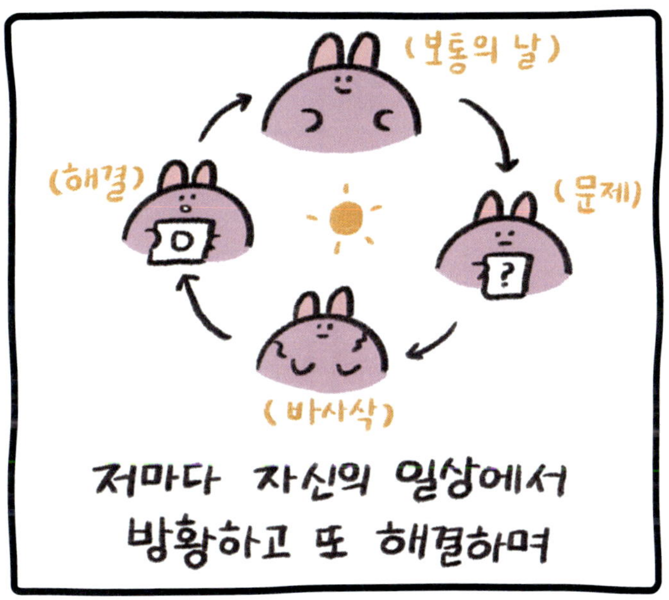

저마다 자신의 일상에서
방황하고 또 해결하며

그렇게 조금씩 다양한
상황들에 노련해지는 것 같다

비 온 뒤에 땅이 굳는 것처럼
그렇게 서서히!

아무 일도 아니야

눈치...
눈치...
자주 주변환경에
휩쓸리곤 했다

혹여나 미움 받지 않을까 하며
움츠러들었다

시간이 조금 더 흐른 지금,
그런 일에 연연하지 않는 것이
중요하다는 걸 알았다

의식적으로 생각을 끊는 연습

아무것도 아니라고 여기면

정말 아무것도 아닌 게 돼.

모든 일은 내가 어떻게

그 일을 바라보는지에 따라 결정돼.

너무 많은 것들에 의미 부여하지 않기.

외롭다..
외로움에는 종류가 있다

누군가로 채워지는 것과
스스로 채워야만 하는 것

후자의 것을
사람에게서 채우려 할 때
더욱 공허해지곤 했다

...
나의 마음을 누군가가
채워주기를 바라기 보다

+♥
+♥
스스로 채워나가는
연습을 해나가야지

자연스러운 내가 좋아

자주 내가 아닌 누군가가 되고 싶었다
나도 저렇게!

네!
괜찮아요
더 사랑받는 모습으로
COOL
COOL
인기가 많은 모습으로

그렇게 꾸며진 모습이
어느날 무척 낯설게 느껴졌다

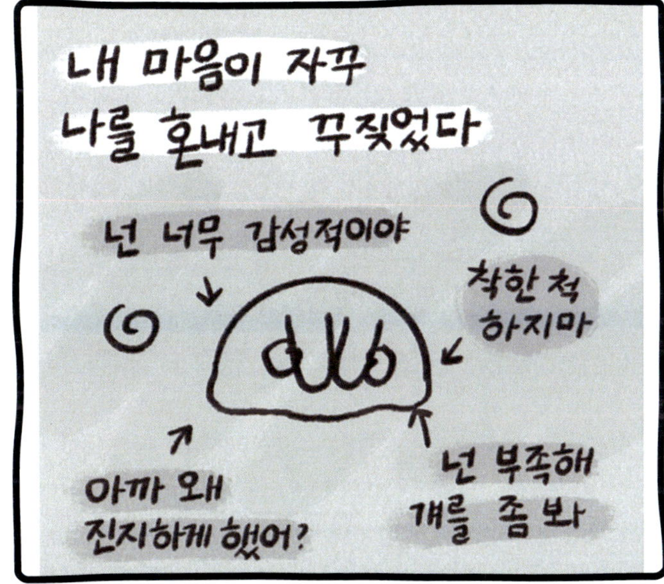

내 마음이 자꾸
나를 혼내고 꾸짖었다

이제는 이 문구를 되새긴다

자연의 모든 것들은
저마다의 모습으로 조화롭다

나도 자연의 한 조각으로
자연스럽게 살고자 한다

나랑 안 맞아~
비록 많은 아에게 맞지 않는
조각이더라도
"찹"
"찰떡"
분명 날 위한 자리가 있을 거라고

그렇게 조금씩
내 모습들을 인정하기로
쿵
감탄하는 거 좋아
소화행 최고
짝
친절한 거 좋아
감성적인 거 최고

혼자 있을 때도 필요해

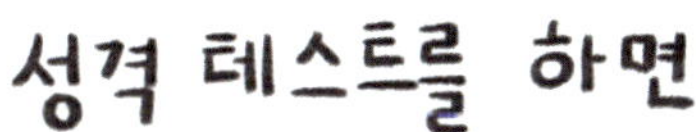

성격 테스트를 하면

늘 '독립적'이라는
말이 포함되어있다

성향 자체가 혼자
꼼지락 거리는 걸 좋아한다

인간관계에서도

소극적이지만
꽤나 노력하는 편이다

그 노력은 꽤 많은
감정소모를 가져와서

또 특정 기간은 은둔해버린다

나는 그 기간을
아주 소중히 여긴다

나를 보호하는 시간이고

다시 충전하는 시간이라서

(자괴감)

예전에는 이런 모습을
싫어했다면

집콕
모드

이제는 인정하고 받아들인다

혼자 있는 걸 좋아하지만

그래도 사람에게서 얻는 힘도 무시할 순 없어요.

누군가가 있기 때문에 안전하게

혼자 있는 것을 좋아할 수 있는 거니까요.

그림을 그려서
불특정 다수에게 보여주면서

반응에 일희일비하게 된다

좋은 그림
그런 부담감이
스트레스가 되어서
아무것도
못 그리겠어
작업을 놓을 때도 많았다

모든 사람을 즐겁게
해줄 수 없다면,
나 혼자 즐기는
수밖에 없지
-직업으로서의 소설가 中
그러다가 만나게 된
하루키의 말

그래!
최소한 나라도
어쩌면 무모하지만
분명한 용기가 된 말이다

여전히 나의 철칙 중 하나
내 마음이
기뻐야지
즐기면서 나아가기!

 세 가지의 믿음 

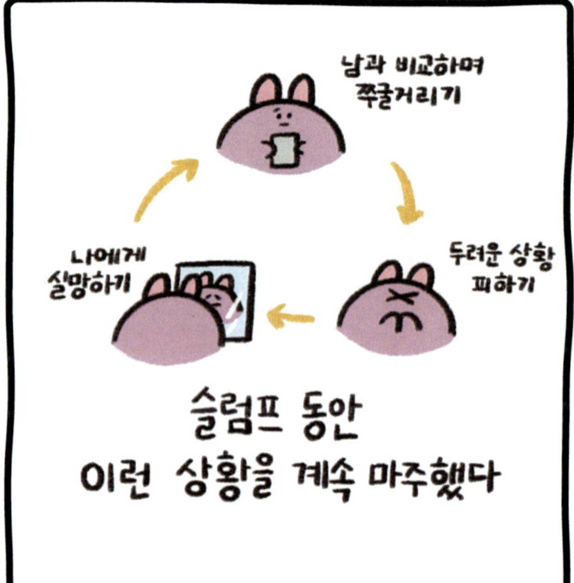

그럼에도 품으려고 했던
세 가지의 믿음

나만이 그리고 쓸 수 있는
이야기가 있다는 것
누군가는 분명 좋아할 거라는 것

저마다 본인의 색이 있고
계속해서 시도하고 표현하면
마침내 빛을 볼 거라는 것

너의 존재

맹구리야~~
늘 힘껏 반겨주고

ㅋㅋㅋ
ㅋㅋ
드르렁ㅡㄹ
쿨ㄹ
소소한 웃음을 주며

무한한 사랑을 주는 너

조용히 곁에서
온기를 나눠주며
위로가 되어주기도 하는 너를

존재 자체로 사랑이라는 말을

실감하게 해 주는 너의 존재.

너를 통해서 사랑을 배우고 느껴.

 내 선택으로 

눈 감고 귀 막으며
나아가는 건 어렵지만

그 순간들에 '뭐 어때~'
하고 넘기는 일이 많았으면

얼룩덜룩

누군가에 의해서
칠해지는 순간보다

어설프고 불안해도
내 선택으로
나아가는 순간이 많아지길

바리수의 실체

사실 바리수는

토끼가 아니에요

바리수 이야기는
제가 힘들 때 그렸어요

그래서 이불 속에 뿔이 달린
캐릭터를 만든 거예요

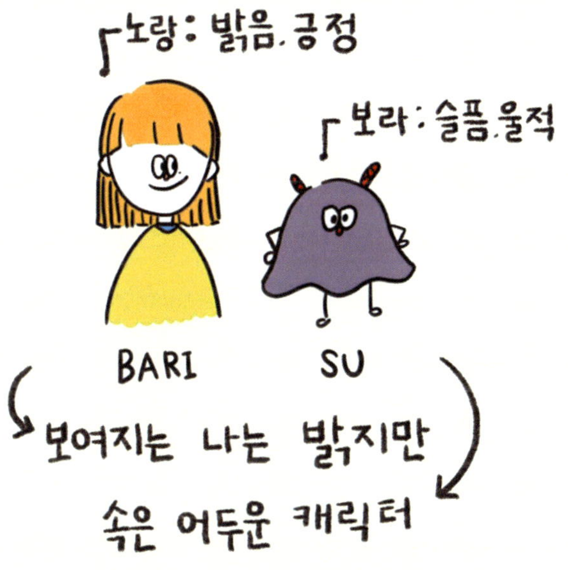

지금은 긍정적이고 밝은
캐릭터로 보이지만

그림 그리면서 많이 좋아진 거예요

더 따뜻하고 밝은 이야기를
그리려고 노력해요

그렇게 누군가에게
자그마한 기쁨이 된다면

그 자체로 뿌듯하고 행복해요

4년 동안 그리면서
저도 덩달아 밝아졌답니다

지금은 얼떨결에 토끼가 된

바리수의 숨겨진 이야기 ☺

기대고 싶지 않아

나에게 기대
성격상 잘 의지하려고 하지 않는다

의지하던 것이 사라졌을 때
다시 일어서는 일이 힘든 탓에

끙
끙
혼자서 다 감당하려고 한다

이게 편해
나를 지키기 위한 일이다

관계에 자주 울던 나는
조금 더 어른이 되면
관계가 쉬워질 줄 알았다

조금 더 쉽게 친해지고
상관 없어
멀어짐에도 상처 받지 않는

시간이 흐르면 막연하게
그런 능력이 생길 거라고

나이가 하나둘 채워진 지금,
오히려 더 소극적이고
힘을 쓰지 않는 내가 되었다

시간으로 채워진 거라곤
결국 멀어진다는 슬픈 마음
굳이..

어떻게
지내려나?
응
?
흐릿하게 멀어진 사람도
손에 닿을듯 가까운 사람도

어릴 적 떠올리던 어른의 모습은 상처받지 않고 많은 사람과 쉽게 만나고 떠나는 모습이었는데 오히려 더 서툰 어른이 되었어. 앞으로도 서툴 예정이지만 그럼에도 사람에게 받는 분명한 온기를 떠올리며 인연을 맺는 일에 도망치진 말아야지.

 # 당연한 상처 

때때로 상대에게
실망하고 상처받는다

안 맞나봐
ㅇㅇ
그럴때면 지레 맞지 않는다며
단념한 적이 많았다

하지만 실망시키지 않는
관계가 있을까?
편안
기대
오해

우리는 서로의 마음을
상하게 하기도

웃게 만드는 일도 있겠지만

끊어지지 않는 그 어딘가에서

애정으로 오래오래 함께 하자

상대의 모난 점을 받아주고

상대 또한 나를 그렇게
받아주는 것

꾸며지지 않은
우리의 모습 그대로

감정은 옮기가 쉽다

부정적인 감정은 주변에 더욱 쉽게 퍼지고
짜증나
이를 감정전염이라 한다

누군가의 짜증으로 하루에 짜증이 번질 때도
나도 짜증나

누군가의 웃음으로 하루가 즐거워질 때도 있다
좋은 하루 보내세요!
좋은 하루 보내세요

감정 호수
주변의 감정이
내 마음에 닿아서
같은 감정을 일으킨다

안 좋은 영향을 주는
공간이나 사람은 거리를 둬야지
정말 나를 위한다면!

짜증을 던지고 가네
건져야지
내 감정의 호수를
잘 돌보아야지

그리고 애정이 가득한 곳에서
자주 웃어야지

단단한 사람이 되고 싶다

지금의 나는
물렁거리는 사람이라

조금 더 뚜렷해지고 싶다

괜찮지 않은 일에
괜찮아 하지 말고

필요 이상으로 미안해하지 않기

혼자서 끙끙 앓지 않기

to 오지라퍼

평소 배우고 싶었던
디자인 학원을 찾고 있었다
그걸 왜 배우세요?
그거
취업 잘 안 되는데
아, 제가 제 사업을
할 계획도 있어서요
??
그러기엔 어린데?
하지만 상담하면서
계속되는 오지랖

진로 상담 아닌데?
상담 하는 분의
과한 충고
이걸 더 배우고
알면 좋겠다
난 그저 내가 필요한 걸
배우고자 하는 건데

무례한 사람에게 친절한 건 나 자신에게 미안한 일.

애쓰는 마음

사람을 잘 싫어하지 않는다.
찝찝해
누군가를 싫어하는 마음이
힘들고 싫기 때문이다

그래서 자주 누구를
미워하기 보다는
내가
속이 좁나
나도 참
그런 마음을 갖는 나를
미워하고 나무랐다

마음을   고쳐 먹자
그게 조금 더 쉽고 편했다

본성은 착할 거야
좋은 면도 있지
사정이 있겠지
그러면서 상대를 과할 정도로
이해하려고 노력했다

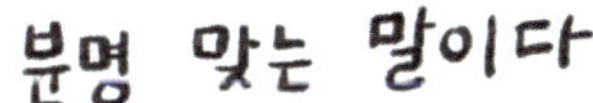

분명 맞는 말이다

오롯이 나쁘기만 한
그런 사람은 없으니까

하지만 이제 더이상
누군가를 과하게 이해하려고

나를 괴롭히지 않고 싶다

이제는 미운 사람은 미워하고
그 마음을 인정한다

난 모두를 사랑할 수 없다

좋은 면을 보려고 여전히
노력은 하겠지만

이제는 인정해.

싫은 건 싫은 거고,

누군가가 나를 미워할 수 있고

나 또한 그럴 수 있다는 걸.

착해야 한다는 프레임 안에 가둬 두고,

나를 힘들게 하는 사람도

좋게 생각하라고 강요하지 않을 거야.

 # 좋은 곳에서 자주 오래 

?
나를 의심하게 만드는 곳과

나를 그대로 보여도
괜찮은 곳이 있다

불만
불만
나를 바꾸길 바라는 곳에서는
멀어지고

좋은 사람들 곁에서
자주 오래 머물거야

 # 말에는 힘이 있어 

어떤 말은
오래 오래 큰 힘이 되어주고

어떤 말은
오래 마음에 남아 상처를 준다

말의 힘에 대해서
생각하게 되는 요즘

누군가에게
상처를 주기 보단
내가 솔직해서~
노 필터링~
애정을 보내요~
따뜻함을 줄 수 있길

내 마음도, 말 그릇도 넓혀서
따뜻한 마음을 나누어야지

 # 안경은 하나가 아니야 

자주 색안경을 끼고
옳고 그름을 따지곤 했다

사람은 본인이 경험한 대로
세상을 본다고 하는데

나는 그런 편협한 시선으로
섣불리 판단했다

여전히 나는 나의 시선으로만
세상을 볼 수 있겠지만

지금 내가 보는 세상은

온전히 내 기준의 것.

세상에 내가 알지 못하는

수많은 기준이 있고

수많은 형태가 있다는 걸 떠올리면

한없이 겸손해져.

섣불리 오만을 부리지 않기로.

상대를 위해서는
상대에게 필요한 걸 주라는데

?
당장 나에게 필요한 것도
잘 모르는 내게

여전히 어려운 일이다

서로를 오해해서
실망할 때도 있겠지만

서로의 서툰 마음을
이해해주는 우리가 되자

 애정의 힘 

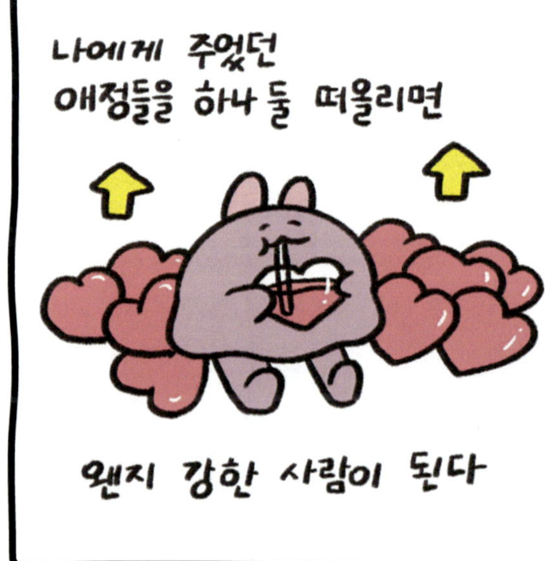

 애정의 순환 

때때로 조건없는
애정을 받을 때면

애정을 주는 방법을
배우는 것만 같다

이렇게 배운 애정을

다른 이에게 표현하며

애정의 순환이 일어난다

① 누구도 두려워 할 필요없고
안절 부절
다 같은 사람인데
사랑 받으려고
애쓸 필요는 없다

내가 결정한다!
GO
② 스스로의 결정으로 나아가고
(때때로 조언 구하기)

③ 내가 있어야 가족도 애인도 친구도 있는 것!
나를 잘 챙기자!

표현하는 건 좋은 거야
④ 괜한 질투심 유발·밀당은 오히려 독이다 ..

⑤ 누군가의 말로 스스로를 규정하지 않기
세상은 계속해서 변한다

노래 넘 좋고~♪
그림 최고
⑥ 좋아하는 건 많-이 !
(남에게 피해 ✕)

⑦ 기회는 어디서나 오니까
늘 마음을 열어두고 움직이기
기회
?!
신기해

⑧ 그리고 나의 계절은
반드시 찾아온다는 것

EPILOGUE

매일 끄적끄적 그림을 그리다 보니 이렇게 책으로 엮어낼 수 있는 양이 되어 있었어요. 이 그림들을 보면서 '이건 나랑 같네.', '이건 아니지.' 하면서 보셨을까요?

누군가에게 생각을 내비치는 건 쉽지 않은 일이에요. 하지만 나와 같은 이가 있다는 걸 분명히 믿고, 어쩌면 그이가 나의 이야기를 통해서 자그마한 기쁨을 느낄 수 있으리라 생각하며 여전히 그리고 쓰고 있습니다. 조금 더 욕심을 낸다면 앞으로도 오래오래(그러니까… 평생) 누군가에게 닿을 수 있고 읽힐 수 있다면 좋겠습니다.

설익은 생각과 이야기들을 뭐라도 되는 것마냥 이렇게 책으로까지 내게 되어서 부끄러움도 있지만 너른 마음으로 봐주실 거라고 감히 생각해 보아요. 여기까지 귀한 눈길 보내 주셔서 감사합니다. 편안한 하루 보내세요. 고맙습니다.

가끔은 그저 흘러가도 돼
(큰글자책)

발 행 일 2022년 10월 28일

지 은 이 바리수

발 행 인 정영욱
기획편집 유지수
디 자 인 이유진
편집총괄 정해나

펴낸곳 (주)부크럼
전 화 070-5138-9971~3 (도서기획제작팀)
홈페이지 www.bookrum.co.kr
이메일 editor@bookrum.co.kr
인스타그램 @bookrum.official
블로그 blog.naver.com/s2mfairy
포스트 post.naver.com/s2mfairy

ⓒ 바리수, 2021
ISBN 979-11-6214-421-3 (03800)